세상에서
인간으로 살아보니

일러두기
- 이 책에 수록된 그림은 먼저 시인 곁을 떠난 남편이 사 놓은 스케치북과 미술도구를 이용해 시인이 직접 그리고 쓴 것입니다.
- 시인이 의도적으로 선택한 비표준어는 원문대로 실었으나, 맞춤법과 띄어쓰기는 현행 표기법에 따르는 것을 원칙으로 했습니다.
- 원문의 한자 표기는 한글 표기가 우선되도록 하였습니다.

세상에서
인간으로 살아보니

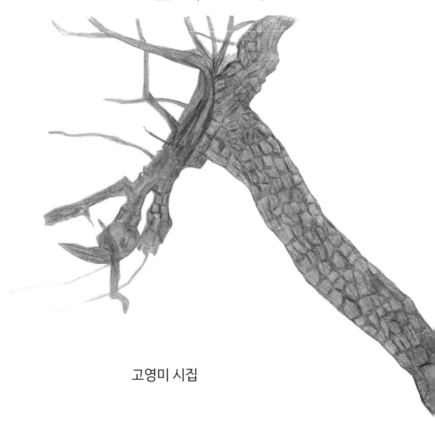

고영미 시집

작품미디어

세상을 살아나가는 지혜로 공식 석상에서는 가면을 쓰고,
인간 대 인간으로 만날 때는 민얼굴로 있으라지요.

응급상황과 분만이 있을 때는 밤에도 가면을 써야 하는
산부인과 의사는 심신이 스트레스에 시달리는
직업입니다.

같은 지역에서 반복적인 일을 하면서
잘하면서도 실수도 안 해야 하는 일들이, 시간이
중형처럼도 느껴집니다.

이젠 자유로워지고 싶은데, 가면을 벗고도 싶은데
현직 의사에게 '자유로운 영혼'이라는 말은
한편으로 욕이기도 합니다.

시간이 흘러 정신을 차리고 보니
사랑하던 주변 사람들이 떠나가고

저에게도 남은 시간이 많지 않음을 느낍니다.

어린 시절, 학교에서 배웠던 음악, 미술, 글쓰기는 놀이처럼
제 삶의 지탱이 되었습니다.
'문자홀릭'이라는 표현이 맞을지도 모릅니다.
좋은 글이 마음에 들어와 가슴을 치고 뇌를 움직이는
순간들이 있어 지난 시간이 행복했다고 생각하는 사람입니다.

대가인 화가들은 죽으면서 말한답니다.
딱 1년이라는 시간이 주어지면 얼마나 좋은가,
그러면 아무것도 안 하고 그림만 그리다가 죽고 싶다.
그들은 그렇게 말하면서 죽어간답니다.
그림을 그리고 싶어서 울면서 죽는 사람들,
울면서 딱 1년을 기대하면서….
그런 사람들이 있어서 아프고 슬프면서도
행복한 순간들이 있는 게 인생입니다.
건강하시고, 제가 새해만 되면 '생각하는 글' 하나 올립니다.

까마귀를 생각하라

심지도 아니하고 거두지도 아니하며

골방도 없고 창고도 없으되 하나님이 기르시나니

너희는 새보다 얼마나 더 귀하냐.

또 너희 중에 누가 염려함으로

그 키를 한 자라도 더할 수 있느냐.

그런즉 가장 작은 일도 하지 못하면서

어찌 다른 일들을 염려하느냐.

- 누가복음 12:24-26

좋은 글이 마음에 들어와

가슴을 치고 뇌를 움직이는 순간들이 있어

지난 시간이 행복했다고

생각하는 사람입니다.

차 례

제1부

우리는

제2부

사는 법

제3부

다시 사는 법

울면서 딱 1년을 기대하면서...

그런 사람들이 있어서 아프고 슬프면서도

행복한 순간들이 있는 게

인생입니다.

언제나
언제까지라도
우리가 슬프고, 행복한 순간일지라도

나에게 꽃은 너

제1부

우리는

지는 꽃들에 대한 자세

갓 피어난 꽃들만
황홀히 들여다보지 마라.
일부는 시들어 무너지고
떨어져 볼품도 없어

누구도 지나치는 서글픈 시절
따가운 태양과 하늘, 몰아치는 태풍에
마음을 빼앗기는 뜨거운 계절을 견뎌
지금에 도달했노라.

나, 한때는 앳된 씨앗으로
거친 대지를 뚫고 나온 인고의 성년
이 계절에 그래도 갖춘 건
수만 가지 색과 열매

그리고 소곤소곤 지난한 이야기
내어놓을 나의 수확이
성에 안 차 부족하더라도
우리 산 시절
되돌아갈 수도, 멈출 수도 없으며
가져가야 할 아무것도 없음에
그냥, 열심히 살았구나.

<지는 꽃들에 대한 자세>

잣\피어난 꽃들만
향훌히 둔다 보지 마라.
일부는 시들어 무너지고
떨어져 볼품도 없어.

누구도 지나치는 서글픈 시절.
따가운 태양와 하늘, 몰아치는 태풍에
마음은 빼앗기는 뜨거운 계절을 견뎌
지금에 도달햇노라.

나, 한때는 앳된 씨앗으로
거친 대지를 뚫고 나온 인고의 성년.
이 계절에 그래도 갖춘건
수만가지 색과 열매.

그리고 소곤소곤 지난한 이야기
내어놓을 나의 수확이
성에 안차 부족하더라도.
우리 산 시절
되돌아 갈 수도, 엄출수도 없으며.

가져가야 할 아무것도 없슴에
그냥, 열심히. 살았구나.

16

봄꽃과 새순은

무엇이든 매혹적이고 유혹적입니다.

쳐다보고 들여다봅니다.

어린 순이 싹트고 부풀어 오르는 것들은

봄날의 큰 기쁨입니다.

세상에 하나의 생명으로 와서

하루를, 일 년을, 수십 년을 사는 일이란

빛과 어둠이 교차하듯 그리움과 아쉬움을 남기고

시간의 저편으로 빠르게 사라집니다.

숨 가쁜 일상과 노동으로 저희를 지켜준 부모님들이

지나간 그 황혼을 저도 지나갑니다.

친구親舊에게

가을에 피는 꽃이 있다면
사열 받는 군인처럼
너의 길 위에 늘어선
나무들을 봐, 봐.

내가 한눈파는 사이에
감쪽같이 변장했어
내가 뽑은 진은 은행나무

바람이 몹시도 소리 내던 날
그 많은 열매를 아깝게 떨어뜨려
냄새난다 욕먹더니
오늘은 기막힌 노랑

다시 바람 불어

찬란한 낮, 어두운 밤

언제나

언제까지라도

우리가 슬프고, 행복한 순간일지라도

나에게 꽃은 너.

〈親舊 에게〉

가을에   피는 꽃이 있다면

사열받는 군인처럼
너의 길위에 늘어선
나무들을 봐, 봐.

내가 한눈파는 사이에
감쪽같이 변장했어.

내가 뽑은 진은 은행나무.

바람이 옵시도 소리 내던 날
그 많은 열매를 아깝게 떨어뜨려

"냄새난다" 욕 먹더니.

오늘은 기막힌 노랑

다시 바람 불어
      찬란한 낮, 어두운 밤.

언제나
언제 까지라도
우리가 슬프고, 행복한 순간일지라도

나에게 꽃은 "너".

20

그해 가을은

은행나무 열매의 냄새로 "가로수를 교체해야 한다."고

원성이 자자했습니다.

부채 모양의 노랑, 금빛의 잎사귀와 열매를 지닌

은행나무는 천년도 넘게 산답니다.

앞선 계절에 피고 진 예쁜 꽃과 잘나가는 꽃도 꽃이지요.

은행나무는 그 존재와 색만으로도 '낭만 가을'을 만드는

완벽한 꽃입니다.

Nothing else matters

친구들아!
너희가 있어 나의 이십 대가
기쁘고 슬프고 괴롭고 행복했다.
어느 순간
너희를 다시 만나는 곳이
어떤 이의 영정사진 아래인 경우가 되었지만
빛나는 시절의 그리움으로만 추억되는
나의 젊음, 동료, 나의 지기
항상 건강하고 행복하라!
Nothing else matters!

< Nothing else matters.>

친구들아 !

너희가 있어 나의 이십대가

기쁘고 슬프고 괴롭고 행복했다.

어느순간

너희를 다시 만나는 곳이

어떤 이의 영정사진 아래인 경우가 되겠지만

빛나는 시절의 그리움으로만 추억되는

나의 젊음, 동료, 나의 지기.

항상. 건강하고 행복하라 !. Nothing else matters.!!

새가 되면

날고 날아 저 높은 하늘을
떼 지어 오가는 새는
배낭도 없이, 물병도 없이
날면 기는 것이 쉽지 않은 세상에서
날자 멀리, 높이 날자.

Covid-19

그대! 오늘 숨 잘 쉬었소?

그대의 날숨과
누군가의 들숨이 만나는
어느 지점에서
우리는 살아갈 힘을
얻는다던데

누구는 맥주라 하며 마시고,
누구는 왕관이라 하는
코로나로
숨이 안 쉬어졌다고 하네….

그대! 오늘 잘 지냈소?
한 사람 건너 멀리 멀리서
한 사람이 안부를 묻소.

< Covid -19 >

그대! 오늘 숨 잘쉬었소?

그대의 날숨와
누군가의 들숨이 만나는
어느 지점에서

우리는 살아갈 힘을
얻는 다던데.

누구는 "맥주„라 하여 마시고
누구는 "왕관„이라 하는
"코로나„로   숨이 안쉬어 졌다고
하네.

그대! 오늘 잘 지냈소?
한사람 건너 멀리 멀리서
한 사람이 안부를 묻소.

처음처럼

우리 처음처럼 만났던
그날이 언제였더라.

누구는 저 물가의 버드나무처럼
배경이 되고

그대는 저 여인네처럼
주인공이었던 그날들처럼

이 그림을 자세히 봐줘.
춘천에서 밤눈꽃이 흩날리던 하얀 겨울이

서울로 내달리던 길가는
아련한 노랑 봄이 오더군.

세상에서 도처에서 만나고 오가던
수많은 봄과 사람 사이에서

사랑한다. 오랜 벗들이여,
이젠 이해한다.

< 처음 처럼 >

우리 "처음처럼" 만났던
그 날이 언제였더라.

누구는 저 물가의 버드나무처럼
배경이 되고

그녀는 저 여인네처럼
주인공이었던 그 날들처럼.

이 그림을 자세히 봐줘.
춘천에서 밤눈꽃이 흩날리던 "하얀 겨울이

서울로 내달리던 길가는
아련한 "노랑" 봄이 오더군..
세상에서 도처에서 만나오 오가면.
수많은 봄과 사람 사이에서.
사랑한다. 오랜 벗들이여, 이젠 이해한다.

처음에 우리는

가시를 숨긴 장미처럼

열렬한 사랑만을 목숨처럼 우상처럼 여기던 시간도 살았고

초봄부터 가을까지 계절도 모르고

땅 밑에 깔리어 발밑에 밟히면서

식용 김치도 되는 민들레의 시기도 견디며

사이사이에

내가 호박꽃일까, 아님 해바라기였나,

혼돈과 혼란의 시간을 지나며

이제야 향기로 관심받는 백합인가 고귀해 보이는 국화인가,

착각하며 살았구나, 하는 인식이 절절한 시절도 보냈네.

너희에겐 들풀이나 잡초여도 좋다.

정지된 동양화의 무채색 배경처럼

들러리나 쪽수로 표현되는 한 사람으로 남아도

이해되는 우리다.

어느 날 문득

결혼은 환상 속의 이인삼각 게임이다.
다른 색과 언어를 가진 연습 없는 페어 댄스다.
두 명이 일심동체를 외치며 야심 차게 출발하지만
맞출 수 없는 춤사위다.
천방지축인 한 명에 반해
중구난방인 주위 환경이 더하고
좌충우돌, 우왕좌왕, 갈팡질팡한 상황들
또 다른 언어를 가진 아이가 끼어드는
방향도 박자도 못 맞추는 엉망진창,
뒤뚱뒤뚱한 막춤이 결승점을
향해 속도를 내고 있다.

어느날

결혼은 환상속의 "이인삼각" 게임이다.
다른 색와 언어를 가진 연습없는 "페어댄스" 다.
두명이 일심동체를 외치며 마침내 출발하지만
맞출수없는 춤사위다.
천방지축인 한명에 반해
급구난방인 주위 환경이 더하고
좌충우돌, 우왕좌왕, 갈팡질팡인 상황들.

또다른 언어를 가친 아이가 끼어드는
방향도 박자도 못 맞추는 엉망진창,
뒤뚱뒤뚱한 막춤이 결승점을
향해 가속도를 내고있다.

대보름 아기

대보름
달과 함께 온 아가

온 꿈 담아 맑게 씻어
인큐베이터에 넣고
들여다본다

누구에겐 사랑
누구에겐 희망, 미래

나에게 조그마한 넌
밤 지새운 기대와 인생의 위로

너의 영혼은
순수와 순백의 상상력

나의 시간은 겨울날 오후
5시 반 즈음

어느 가슴엔들 꽃피고 설렌
새벽이 없었을까

그 많은 설움이 오고 가는 순간에
잠시 잠깐 스쳤구나
귀여운 나의 이방인

<대보름 아기>

대보름
달과 함께 온 아가.

온갖담아 맑게 씻어
인큐베이러에 봉고
들여다 본다.

누구에겐 사랑
누구에겐 희망, 미래.

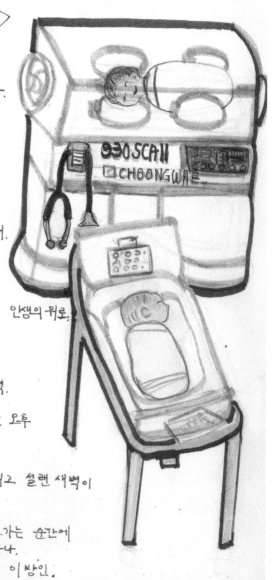

나에게 조그마한 넌
밤 지새운 기대와 인생의 위로.

너의 영혼은
순수와 순백의 상상력.

나의 시간은 겨울날 오후
5시 반 즈음.

어느 가슴엔들 꽃피고 설렌 새벽이
없었을까.

그많은 설움들이 오고가는 순간에
잠시 잠깐 스쳤구나.
귀여운 나의 이방인.

생로병사에 익숙해져야 하는 게

의사의 운명이고 업입니다.

항상 해오던 일이지만

나이가 들어가며 생각이 많아지니

아기들을 의미를 붙여 가며 들여다보게 됩니다.

보여지는 것

하고 싶은 말이 있습니다
아니, 모르겠습니다
무엇에 대하여 말하고 싶은지.

네커 육면체라는 게 있습니다
보는 꼭짓점에 따라
인지나 지각이 달라 보이는 것
크기나 의미도 말이지요.

맞습니다
정답이 없는 것입니다
변하고 있는 세상사가 큰 관심 대상이
아닌 시간에 살고 있습니다.

시간에 따라
있는 그 자리에서 그 꼭짓점에서
보여지는 그대로 잘 살았다고
말하고 싶습니다.

〈보여지는것〉

하고 싶은 말이 있습니다
아니,   모르겠습니다.
무엇에 대하여 말하고 싶은지.

'네거 육면체, 라는게 있습니다.

보는 꼭지점에 따라
인지나 지각이 달라 보이는것.
크기나 의미도 달이지요.

맞습니다
정답이 없는 것입니다.

변하고 있는 세상사가 큰 관심 대상이
아닌 시간에 살고 있습니다.

시간에 따라.
있는 그 자리에서. 그 꼭지점에서
보여지는 그대로 잘 살았다고.

말하고 싶습니다.

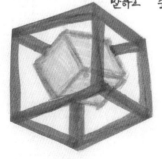

달팽이

나의 껍질은 달팽이처럼

마음이 오그라들어
쉽지 않은 날엔
들어가 버리자! 숨어 버리자!

순풍이 불고, 물결이 따뜻해지고
달팽이 속살처럼 여려진 마음을
한번에 죽 빨아올리려는 세상에서

돌 밑에 붙어 기다리다가
달팽이 걸음만큼만 기어가야지…
아니, 물결 속에 모래 속에 쓸려가야지….

< 달팽이 >

나의 껍질은 달팽이처럼.

마음이 오그라들어
쉽지 않은 날엔.
들어가 버리자! 숨어버리자!

순풍이 불고, 물결이 따뜻해지고.

달팽이 속살처럼 여려진 마음을
한번에 쭉 빨아 올리려는 세상에서.

돌밑에 붙어 기다리다가..

달팽이 걸음만큼만 기어가야지...

아니, 물결속에 모래속에 쓸려 가야지.....

수산 시장에서

프랜시스! 나의 친구.

바다에서 훔쳐온
온갖 비릿한 것과 바다 것들을
돈으로 흥정해 맛볼 수 있는 수산 시장은

신화 속 바다의 용왕
포세이돈이 포효하다 세찬 풍랑을 일으키는 곳
그들이 그리워하는 바다.
그런 땅에서 선잠 자다 끌려 나온
어패류, 갑각류의 포로수용소다.

자유를 유영하며 살던 그들에게
이곳은 세상의 끝.
세상의 눈물이란 눈물, 흘린 땀과
물이란 물은 다 모여, 쓰디쓴 짠맛을 이루고
고통조차 녹여낸 바다.
그래서 철썩철썩 소리치며 부딪친다.

<수산시장에서,>

프랜시스! 나의 친구.

바다에서 훔쳐온
온갖 비릿한 것과 바닷것들을

돈으로 흥정해 맛볼수 있는 수산 시장은

신화속 바다의 용왕
포세이든이 포효하다 세찬 풍랑을 일으키는 곳
그들이 그리워 하는 바다다.

그런 땅에서 선장자다 끌려나온
어패류. 갑각류의 포로 수용소다.

자유를 유영하여 살면 그들에게
이곳은 세상의 끝.

세상의 눈물이란 눈물, 훌린 땀과
물이란 물은 다 모여, 쓰디 쓴 짠 맛을 이루고
고통조차 녹여낸 바다.
그래서 "철썩 철썩 소리치며 부딪친다.

43

안산에서

수야, 연아
우리의 사월은
영산홍 피어 붉어가고
달과 별, 구름이 지나간다.

움직이는 것은 정작 자유롭지 못하고
움직일 수 없는 것들은
오직 자유인
산등성이는
밤도 낮같이
푸르고 훤하다.

우리 한세상 꿈이라면 어땠을까!
다시 멋지게 꾸어 볼까!
오늘 바람은 약풍, 구름 낀 하늘이다.

수야, 연아 비가 오네.
이 비는 가랑비
밤비 내린 그 산에
다시 바람이 불면

청이끼 낀 바위 틈새에도
어린싹 청록으로 물들며
봄이 간다.

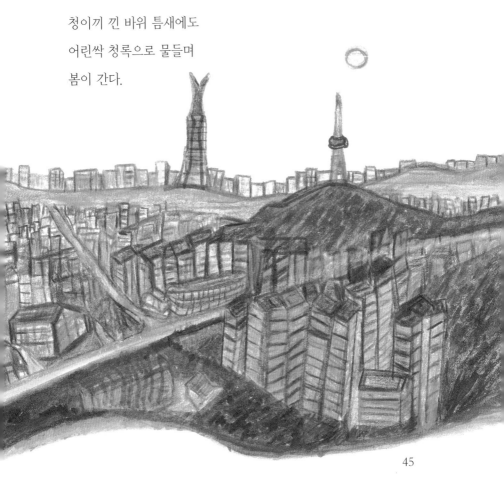

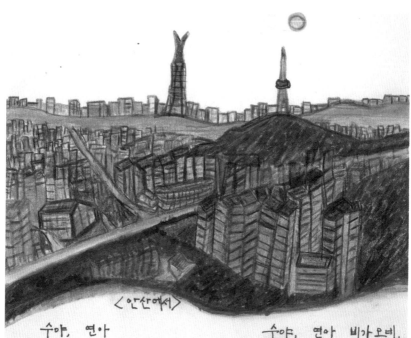

〈안산에서〉

수야, 연아
우리의 사랑은
영산홍 피어 붉어가고

달과 별, 구름이 지나간다.

움직이는 것은 정작 자유롭지 못하고
움직일수 없는것들은
오직 자유인
산등성이는
밤도 낮같이

푸르고 환하다.
우리 한세상 꿈이라면 어땠을까/
다시 멋지게 꾸어볼까/
오늘 바람은 약풍, 구름낀 하늘이다.

수야, 연아 비가오네.
이 비는 가랑비.
밤비 내린 그 산에
다시 바람이 불면

청이끼 낀 바위 틈새에도
어린싹 청록으로 물들며
봄이 간다.

독립문 옆에 서 있는

'무악산'이라고도 불리는 안산에 서서

서울 시내를 내려다보세요.

자유를 그리워했을 선조들을 가둔 서대문 형무소 자리도 보입니다.

멀리에는 롯데타워와 남산타워, 강남과 한강이 넘실거립니다.

왜, 이 산 옆에 경복궁이 청와대가 있었는지

이해되는 순간입니다.

울고 있는 아가에게

붉은 장미, 활짝 핀 유월에
아가야, 어여쁜 사랑아!
네가 왔구나.

너와 나의 이 짧은 조우를
어떻게 말할까.

아주 오랜 시간이 흐른 후
그렇게 멀리 지나간 후에

낡고 슬프고 기뻤던 이 공간에서
네게 줄 단 하나
(출생지) 서울시 동대문구 청량리동 225-4번지

울어라. 오늘은 너 혼자서만
한 시절 짧게 만난 너에게서
기쁨과 행복만 느꼈으니

아가, 넌 우리의 사랑이자, 미래다.

울어라, 오늘만은 너 혼자서….

<울고 있는 아가에게>

붉은 장미, 활짝 핀 유월에
아가야, 여며른 사랑아/
네가 왔구나.

너와 나의 이 짧은 조우를
어떻게 말할까.

아주 오랜 시간이 흐른후
그렇게 멀리 지나간 후에

낡고 슬프고 기뻤던 이 공간에서
네게 줄 단 하나..

(출생지) 서울시 동대문구 청량리동 225-4 번지.

울어라. 오늘은 너 혼자서만
한시절 짧게 만난 너에게서
기쁨과 행복만 느꼈의.

아가. 넌 우리의 사랑이자, 미래다.
울어라. 오늘만은 너 혼자서...

사람은 슬프고 서러울 때 또는 억울할 때 웁니다.

너무 기쁠 때 눈물이 나기도 하지요.

하지만 방금 태어난 아기는

살기 위해 웁니다. 아니, 울어야 삽니다.

엄마 뱃속에선 탯줄로 영양분을 공급받다가

탯줄을 자르고 나왔을 때 우는 울음 "으앙"으로

폐포가 펴지면서 폐 산소 호흡을 시작합니다.

우리

살다가
죽고서야 헤어질 우린
어떤 인연이냐?

가슴에 묻어둔 시답잖은 기억은
그냥 보내버리고
곁 바람에 흘려보내고

새벽 4시의 초침처럼 버려질
꿈결 속의 시간까지
너와 나의 아까운 시간
참 많이 지났더라.

우리, 한잔하고
아쉬운 듯 헤어져
인적 드문 밤길을
뚜벅뚜벅 걸어본다.

꽃피고, 밤비 오고
눈 내리는 계절 건너
너희와 함께라서
그럭저럭 지낼 만했다.

〈우리〉

살다가

죽고서야 헤어질 우리,
어떤 인연이냐?

가슴에 묻어둔 시렵잖은 기억은
그냥 보내버리고
결 바람에 흘려 보내고

새벽 4시의 촛침처럼 버려질
꿈결속의 시간까지
너와 나의 아까운 시간.

참   많이 지났더라.

우리, 한잔하고
아쉬운듯 헤어져.

인적 드문 밤 길을
뚜벅 뚜벅 걸어본다.

꽃피고, 밤비오고
눈내리는 계절건너.
너희와 함께라서
그럭저럭 지낼만 했다.

많은 이가 "인간은 결국은 혼자다."라고 말합니다.

태어나고 죽는 것만은 홀로 해야 한다는 말인가요?

이런 우리에게 친구는 어떤 존재일까요?

내게 던져진 이 시대, 이 시간을

같이 겪어야 하는 동시대인으로 같은 운명이며

잘 살아내기 위한 '견제구'이면서 '위로주' 같습니다.

너도 나와 같구나.

네가 나와 같이 가고 있구나, 하는….

옛날이야기

오늘은 안산

숲길을 걸으며 같은 신앙을 가진 사람은
후에도 오래도록 모여 산다고 네가 말했다.
혼자 떠도는 영혼이 되지 않는다고.

그 후의 시간은 영원이니 영생이니 전설일지도 모르겠다.
열심히 건강식과 운동법을 이야기하던 우린
각자의 방향으로 고개를 끄덕였다.

수야! 열아!
우린 살았으나, 전해오는 옛날이야기로 남도록
그렇게 살아보자.

< 옛날 이야기 >.

오늘은 안산,

숲 길을 걸으며 같은 신앙을 가진 사람은
후에도 오래도록 모여 산다고 네가 말했다.

〃혼자 떠도는 영혼이 되지 않는다고〃

그 후의 시간들은 영원이니, 평생이 곧 전설일지도 모르겠다.

열심히 건강직과 운동법을 이야기 하면 우린
각자의 방향으로 고개를 끄덕였다.

수야 ! 열아 !

우린 살았으나, 전해오는 옛날 이야기로 남도록
그렇게 살아보자 ..

그대 없음에
우리도 없음을 깨닫는 잔인한 이별이구나.
그대에게 해주지 못한 말이 있었네
모든 게 미안하구나.

제2부

사는 법

사라짐의 기술

우리가 무슨 일을 하건
어디에 있든
우리인 것은 변하지 않는다.

주어가 나인 것은 모두 알 테지만
너여도 역시 같을 테지.

주어가 단수인 건 세상에서 가장 재미없는 일
우리가 무엇에 관심이 있든 없든
어떤 일을 하든 안 하든
우리인 것은 변하지 않는다.

아니, 언젠간 변한다.
바람, 바람보다 더 시끄럽게 떠들던 바람
구름, 하늘보다 더 높게 날고 싶던 구름 속의 먼지처럼….

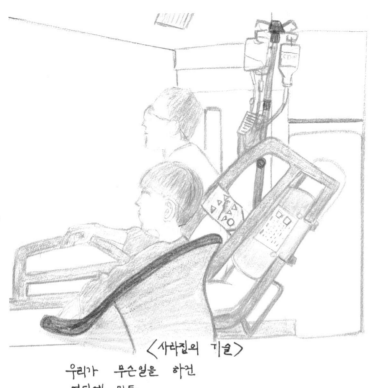

〈사라짐의 기술〉

우리가 무슨일을 하건
어디에 있든
우리 인것은 변하지 않는다

주어가 나 인것은 모두 다 알려지만.
너여도 역시 같을 테지.

주어가 단수인건 세상에서 가장 재미없는 일.
우리가 무엇에 관심이 있든 없든
어떤 일을 하든 안하든
우리 인것은 변하지 않는다.
아니. 언젠간 변한다.
바람. 바람보다 더 시끄럽게 떠들던 바람.
구름. 하늘보다 더 높게 날고 싶던 구름속의. 먼지처럼...

강가에서

그대에게 나 못다 한 말이 있네.
슬프다느니, 외롭다느니
이런 말이 아니어도

오늘, 강 건너, 하늘 너머
어스름 깔리는 강가에서
그냥 서럽구나.

젊음과 이상에 고삐를 내가 채웠어.
사랑이란 이름으로 돈을 벌어오라 하고
중요한 너의 시간을 모두 허비하게 했지.

다 쓰게 만들어 병상에 뉘어 놓고
내가 물었어. 죽는 거 무서우냐고
아니야, 이렇게 아픈 것이 불지옥이야.

그렇구나, 사는 것이 지옥이 된 사람을
호스피스 병동으로 옮기던 날에도
그렇게 아팠던 사람을 화장하던 날에도
영원히 못 나올 석관에 묻어 놓고
그렇게 쉽게 돌아왔구나.

내게 남겨진 생의 고뇌는
시간이 지나고 또 지나도
따뜻했던 시절의 기억만이 남아서일 것이고
그리도 짧을 생애에
다해 주지 못한 나의 부족함을 끝없이 되뇔 남은 생애겠지.

그대 없음에
우리도 없음을 깨닫는 잔인한 이별이구나.
그대에게 해주지 못한 말이 있었네
모든 게 미안하구나.

< 강가에서 >

그대에게 나 못다한 말이 있네.

슬프다느니, 외롭다느니
이런 말 아니어도.

오늘, 강건너, 하늘너머
어스름 깔리는 강가에서
그냥 서럽구나.

젊음과 이상에 고삐를 내가 채웠어
사랑이란 이름으로 돈을 벌어 오라 하고.
중요한 너의 시간을 모두 허비하게 했지.

다쓰게 만들어 병상에 뉘여놓고
내가 물었어. "죽는거 무서우냐고,"
"아버야, 이렇게 아픈 것이 불지옥이야,"

그렇구나, 사는것이 지옥이 된 사람을.
호스피스 병동으로 옮기던 날에도.

그렇게 아팠던 사람을 화장하던 날에도.
영원히 못 나올 석관에 묻어 놓고.
그렇게 쉽게 돌아 왔구나.

내게 남겨진 생의 고뇌는.
시간이 지나고 또 지나도.
따뜻했던 시절의 기억만이 남아서일 것이고.
그래도 짧은 생애에.
다 해주지 못한 나의 부족함을 끝없이 되헤일 남은 생애겠지.

그대 없음에
우리도 없음을 깨닫는 잔인한 이별이구나.
그대에게 해주지 못한 말이 있었네, "모든게 미안하구나,"

64

일요일 새벽이었습니다.

비쩍 마른 허연 손을 허공을 향해 휘저으며

남편은 평소의 "아파."가 아니라

"오늘은 다른 날과 달라."라고 힘없이 말했습니다.

조금 전 병원에서 둘째를 임신한 산모가 진통이 있어

병원에 내원했다는 전화를 받은 직후였습니다.

하필 이 호스피스 병실에서 이 시간에 분만 콜이라니,

어떡하나 고민하다 전화로 동생에게 뒷일을 부탁하고 있었습니다.

분만 후 다시 돌아오니,

남편의 의식 상태는 많이 떨어져

호흡은 더 빨라지고 맥박이 약해져 있었습니다.

관계

친절하고 좋다고 생각했던 사람이
어느 날 뾰족하게 굴면
참 이상한 사람이 된다.

보통은 유별나고 못됐다
생각했던 사람이
한 번만 잘해주면
생각보다 괜찮은 면이 있는 사람이 된다.

인간관계, 어렵다.
고마움의 반대쯤에 당연함이 있다는데
초심의 반대말은 무엇일까?

< 관계 >

친절하고 좋다고 생각했던 사람이
어느날 뿔퉁하게 굴면
"참 이상한 사람,, 이 된다.

보통은 무뚝뚝하고 못돼다
생각했던 사람이
한번만 친절해주면
생각보다 괜찮은 면이 있는 사람이된다

인간관계. 이렇다.
고마움의 반대쪽에 있는데
조심의 반대쪽에 있기 마련이다.

67

춘천春川

모처럼 너희를 만나
봄날의 시냇가를 가을날에 걷다 왔다.
시공간, 이동마냥 꿈같이
산길, 가든을 걷고, 나 홀로
다시 강가를 걷는다.
식구食口도 못 줄 위로
하늘빛, 단풍만큼 얻어
다시 1년을 살 시월의 에너지
우연히 만난 맘에 드는 신발처럼
그렇게 만나게 될 30년의 우리들
나의 에스트로겐은 5 이하, 제3의 성인 나의 이름은 아줌마
전생에 너희에게 빚진 것 없는 게 틀림없다.
이런 즐거운 인연으로 만났으니….

春川 (-춘천)

모처럼 너희들 안배
봄날의   시멋가를 걷다왔다
시골은,   이동마냥 꿈같이
산길,   가은을 걷고. 나홀로.
            다시 삼가를 걷는다.
            식무도(食口)못줄 위로

하늘빛, 단풍만큼   먼어
다시 1년을 살 사월의 에너지.

우연히 만난 맘에 드는 신발처럼.
그렇게 만나게 될 30년의 우리들
나의 에스트로겐은 5이하 제3의 성인 나의 이름은 아금마.
잔생에 너희에게 빚진것 없는게 틀림없다.
이런 즐거운 인연으로 만났으니....

71

화요일엔 비가

비 내리는 화요일이다
한강을 매일 보는 낙樂을 얻었다.

이런 날은 하늘빛 물빛 서로 닿아 회색빛
나름 좋다.

만년 수십 년을 수련에 바친 모네의 색감처럼
아득한 주변의 가을빛

사람에게도 특유의 색감과 느낌이 있다
우린, 서로 어떤 색감을 주고받은 사람이었을까

대답하지 마라
너무 진실이어서, 혹 뻔한 거짓을 들을까 두렵다.

이 빗속에서
나처럼 먹이 활동하며

9마리의 새들이 횡단하는
한강은 힘겨워서 잿빛

〈 화요일엔 비가 〉

비 내리는 화요일이다
한강물 매일 보는 즐거움을 얻었다.

이런 날은 하늘빛 물빛 서로 닮아 회색빛.
나름 좋다.

만년 수십년을 "수련"에 바친 모네의 색감처럼
아득한 주변의 가을빛.

사람에게도 특유의 색감과 느낌이 있다.
우린, 서로 어떤 색깔을 주고 받은 사람이었을까.

대답하지 마라.
너무 진실이어서, 혹 뻔한 거짓을 들을까. 두렵다.

이 빗속에서
나처럼 떽이 활동하며
9마리의 새들이 횡단하는
한강은 힘겨워서 잿빛.

너덜바위

나의 동무
그곳 설악에 가서
함께 걷는 은밀한 즐거움을 상상해 보렴.

깊은 산속
뿌리 내린 청이끼 나무가 바위 사이에서 자라고
내리쬐는 햇볕과 소나기들만 오가는 공간

너덜바위의 설악을 보았는가?
누군가 사람에게 부대끼어 기댈 곳이 없다고 느낀다면
이곳에 올라 먼 설악을 바라다보라.
겹겹이 쌓인 산과 골짜기, 먼바다도 기대어 있는
하나로 겹쳐진 설악이다.

<너덜 바위>

나의 동무
그곳 설악에 가서
함께 걷는 은밀한 즐거움을 상상해 보렴.

깊은산속
뿌리 내린 청이끼 나무가 바위사이에서 자라고
내리쬐는 햇빛과 소나기들만 오가는 공간.

너덜바위의 설악을 보았는가?
누군가 사람에게 부대끼어 기댈곳이 없다고 느낀다면.

이곳에 올라 먼 설악을 바라다 보라
겹겹이 쌓인 산과 골짜기, 먼 바다도 기대여 있는
하나로 겹쳐진 설악이다.

이유

웅덩이에 고인 물은
물결이 일지 않고
강물도 거친 파도가 없다.
육지에서 멀어진 바다만
폭풍에 시달릴 운명이니

돛도 없고, 닻도 없는
쉼 없는 생의 거리에 서 있는 우리가
어떤 이유로든 모질게 살아야 할
이유가 있다면
누구의 부모, 누구의 자식이란 이름
그 때문이다.

<이유>

웅덩이에 고인 물은

물결이 일지 않고
강물도 거친 파도가 없다.

육지에서 멀어진 바다만
폭풍에 시달릴 운명이니.

돛도 없고, 닻도 없는
쉼없는 생의 거리에 서있는 우리가,

어떤 이유로든 모질게 살아야 할
이유가 있다면,
누구의 부모, 누구의 자식이란 이름
그 때문이다.

비와 불면

雨   雨   雨
그대도 들었군요. 빗소리
취해 잠들리. 저 빗소리

술을 마시면
더욱더 잠 못 드는 밤
비에 취해 잠들리. 술에 취한 밤처럼….

〈비와 불면〉

雨 雨 雨

그대도 들었군요. 빗소리.

취해 잠들리, 저 빗소리.

술을 마시면
더욱 더 잠 못드는 밤.
비에 취해 잠들리. 술에 취한 밤처럼..

비 내리는 고가도로

비 내리는 하루는
수묵화 한 점

오가던 새들도 자취를 감추고
길 위는 움직일 수 없는 것으로 온통 무채색
떨어지던 비는
하늘로 날아오른다.

그 고가도로 위
밤 밝히는 가로등 아래
비둘기가 모여 산다.

봄 보내 여름 가고
또 겨울을 견디어
밤비 오는 날
바람 부는 저녁에도
온전한 사람 한번 걸은 적 없는
콘크리트 구조물 옆

젖 먹여 새끼 키워

전설처럼 원앙처럼 산다.

그날

도로 밑 강바닥엔

달이 비스듬히 걸렸다.

<비 뿌리는 고가도로>

비 뿌리는 하루는
수묵화 한점.

오가던 새들도 자취를 감추고,
길위는 움직일수 없는 것으로 온통 무채색.
뿌려지던 비는
하늘로 날아 오른다.

그 고가도로위.
밤 밝히는 가로등 아래
비들기가 모여산다.

뽐내 여름가고
또 겨울을 견디어,

밤비 오는날,
바람 부는 저녁에도
온전한 사람한번 곁은적 없는
콘크리트 구조물뿐.

첫 부여 새끼 키워
전설처럼 원앙처럼 산다.

그날
도로밑 강바닥엔
달이 비스듬히 걸렸다.

82

빗속의 길은 깜깜하고, 차들은 가다 서기를 반복하고,

사는 일이란

우리의 의지만으로 되지도 않고

노력한다고 행복한 인생이

흘러가는 것이 아님도 깨닫게 됩니다.

어느 만큼의 행복, 고통, 시련을 섞으며

누구는 그 이상의 삶을 견디며 지나갑니다.

황혼

스물, 젊었던 우리가
오십에야 모였다.
어떤 이는 아팠고, 어떤 이는 아프고
또 가슴 아프다.
고대하던 삶은 항상 끝내지 못한 일과
시간과 돈, 그다음의 일이 되었다.
불안정하고 불확실한 일상이 생의 전부라니?
부모는 자식에게 많은 걸 가르친다.
사는 법, 사랑하는 법, 죽는 법까지
가르침의 절정이다.
인생의 종말, 그 복잡한 절차와
감정을 자신의 죽음으로
가르친다.
우린 부모의 죽음으로
죽는 법과 다시 사는 법을
배운다.
교육의 완결판이다.

〈황혼〉

스물. 젊었던 우리가
오십에야 모였다.
어떤 이는 아팠고, 어떤이는 아프고.
또 가슴아프다.

고대하던 삶은 항상 끝내지 못한 일과
시간과 돈, 그다음의 일이 되었다.
불안정하고.. 불투명한 일상이 생의 전부라니?

부모는 자식에게 많은걸 가르친다
사는법, 사랑하는법, 죽는법까지.

가르침의 절정이다.
인생의 종말, 그 복잡한 절차와
감정을 자신의 죽음으로
가르친다.

우린 부모의 죽음으로
죽는 법과 다시 사는법을
배운다.
"교육의 완결판"이다

Who wants to go on forever

부쩍 다가온 한기에 일찍 잠에서 깬
이런 날은
시계 초침에 심장 소리가 겹쳐 울린다.
모든 포유류가 공유한다 한 심장 총 박동수 15억 번

몸무게가 클수록 느려져
코끼리의 심박수는 분당 30회
태아 때는 120에서 160회다
나의 심장은 몇 번을 뛰었고 남았을까
초침보다 빠르게 4개의 공간과 4개의 판막의 하모니라니….

성수대교 북단을 돌아 영동대교 쪽으로 고개를 돌리면
강물이 보인다.
차가워진 강물과 따뜻한 햇볕에
순간 눈이 감길 정도의 빛이 올라간다.

한강의 물줄기여
그 위의 빛이여, 천국의 문이여

누가 반복적인 일상을 계속하고 싶을까,
누가 그 자리만을 영원히 맴돌고 싶을까,
누가 같은 모습으로 영원히 살고 싶을까,

한강은 같은 듯 다르게 영원히 흐른다.

< Who Wants to go on forever >

부쩍 다가온 한기에 일찍 잠에서 깬

이런 날은

시계 초침에 심장 소리가 겹쳐 울린다.

모든 포유류가 공유한다는 심장 총 박동수 15억번

몸무게가 클수록 느려져

코끼리의 심박수는 분당 30회

태아 때는 120에서 160회다.

나의 심장은 몇 번을 뛰었고 남았을까.

초침보다 빠르게 4배의 공간과 4개의 판막의 하모니라니.

성수대교 북단을 돌아 영동대교쪽으로 고개를 돌리면

강물이 보인다.

차가워진 강물과 따뜻한 햇빛에

순간 눈이 강일 정5의 빛이 올라간다.

한 강의 물줄기여.

그 위의 빛이여. 천국의 문이여.

누가 반복적인 일상을 계속 하고 싶을까.

누가 그 자리 만을 영원히 맴돌고 싶을까.

누가 같은 모습으로 영원히 살고 싶을까.

한강은 같은듯 다르게 영원히 흐른다.

심장이란 단어에는 가슴, 마음, 사랑이란 뜻과

심장 모양이 떠오르고

태아의 심초음파에서 봐야 하는

4개로 나눠진 심방과 심실,

3개의 혈관 모양이

직업병처럼 생각나는데…

우리의 심장은 자동차의 엔진에 사용 시한이 있는 것처럼

허락된 시간만큼 쉼 없는 비트 중입니다.

기약

오라
오직 하나인 인연으로

수억만 년 만에 지금에야
수천억 개의 별들 중 이 별에서

코끼리도 고래도
숲속 빛나던 반딧불이도 아닌
누구도 아닌 한 사람으로

천년을 돌고 돌아
동해로 새 아침을 맞으러 달려 나가고
관철동과 서울극장을 기억하는
나의 친구여 사랑이여, 전우여

더 이상 슬프지도 아프지도 말고 오라.
어느 날
광활한 우주로 불현듯 돌아가
탄소와 산소와 질소로 분해되었다가

운 좋게 초신성이니
백색왜성이니
저 별들로 다시 된다면

먼지처럼 멀리 날아
구름보다 높이 올라
그 별에 살랑 부는
바람이 된다면

바람으로 만나게 될 우리
기쁘게 어서 오라.

<기약>

오라
오직 하나인 인연으로

수억반년만에 지금에야
수천억개의 별들중 이 별에서

코끼리도 고래도
숲속 빛나던 반딧불이도 아닌
누구도 아닌. 한 사람으로,

천년을 돌고돌아
동해로 새 아침을 맞으러 달려나가고
관철동사 서울극장을 기억하는
나의 찬란 사랑이여, 전우여.
더 이상 슬프지도 아프지도 않고 오라.

어느날
광활한 우주로 불련듯 몰아가
탄소와 산소와 질소로 뿜혀되었다가.

운좋게 초신성이니.
백색외성이니
저 별들로 다시 된다면

먼지처럼 멀리 날아
구름보다 높이 올라.
그 별에 살랑 부는
바람이 된다면.

바람으로 만나게 될 우리.
기쁘게 어서 오라.

이 세상에서 대체 불가능한 것은 없습니다.

시간이 지난 후

세상을 지배하는 자연의 섭리는

어김없이 다른 것을 원상태와 비슷하게 복구해 놓습니다.

인간이 의미를 붙인 대상이나 사물이

그 이름으로 돌아오지 않는 것일 뿐

우린 최초의 어떤 물질로 돌아갔다가

다시 합쳐져 돌아올 것을 믿습니다.

상갓집

세상은 시끄럽고 바빴지만
각자는 코로나로 거리두기라
한가하고 외로운 가을이네

하느님이 사신다는 그 하늘을 향해
쏘아 올린 위성이 메가도, 기가도 아닌
테라 단위의 초고속 접선으로도
소통치 못하는 우리

먼 화석 같은 친구의 빙부라는 이의 부고
아버지 살아계시던 그해
그 늦은 밤에도 남양주 그이의 상갓집에서
나를 기다리시던 아버지

굳이 오느냐, 바빴느냐
영원히 묻지 않으마.
이런 가치 없는 말 백번 한들
마음 씀이 우정이고,
사랑은 행동이다.

< 상갓집 >

세상은 시끄럽고 바빴지만.
각자는 코로나로 거리두기 라..
한가하고 외로운 가을이네.

하느님이 사신다는 그 하늘을 향해
쏘아올린 위성이 세가도, 기가도 아닌
테라 단위의 초고속 접선으로도
소통치 못하는 우리.

먼 화석같은 천가의 방부라는 아이 두고.

아버지 살아 계시던 그해
그 늦은 밤에도 남양주 그 이의 심 ㅣ 정에서
나를 기다리시던 아버지.

큰이 오느냐, 바빴느냐.
영원히 묻지 않으마.
이런 가치없는 말. 백번한들
마음 씀이 우정이고,
사랑은 행동이다.

95

사라진 두 친구에게 바침

죽은 자들이 날아다니고
산 자는 우정을 버리는 이 강가엔

친구였다면
그대가 내 친구였다면
어쩔 수 없는 일
어쩔 수 없었다고 말할 수는 없었나?

그 밤
나의 우주는 폭발했고
나는 출구도 없는 구멍 속으로 빨려들어 갔어
시간은 아래로 아래로 내려갈수록
더욱 느려졌지.

나의 별과 너의 별 사이에 펼쳐진 공간들은
강가의 표면처럼 물결 모양으로
출렁 흔들렸었어.

살다 보면, 할 수 없는 일
있을 수 없는 일, 믿기지 않는 일이 있다는 것
아는 이는 모두 아는데

진실은 누구도 모르는 일이라고
정의도 불의도 시비도 그 자리에 있지 아니한
사람은 누구도 옳고 그름을 따지지 말라고 말한다면

그것을 말한 선인先人이 있다면
우리의 참과 의는 어디로 간 것인가
어쩔 것인가
지난 우리의 세월은 암흑, 모두 감춰진 세상
침묵하는 세상뿐이었을 거다.

의사는 과학을 탐구하는 사람
사람들의 병을 치료하는 사람
사람의 마음을 바라봐야 하는 사람
순간적인 판단력과 빠른 처치를 해야 하는 사람
단지 이것뿐인가?

진실이 필요한 자리에
암묵적인 침묵과 강요는
자유에 대한 유린이자 퇴보다.

그날
우리가 같이 나눈 시공간에서
친구였다면, 네가 진실을 말해다오.
내가 할 수 없는 처지이니
나의 진실을 찾아 헤매는 나의 부모님에게….

의사가 터득해야 할 지식은 방대하고 끝이 없습니다.

신속성과 일관성도 있어야 하고

숙련된 전문적인 기술도 갖추어야 합니다.

잘하는 것은 기본인 동시에 사람의 생명을 다루는 일인 만큼

올바른 윤리 의식은 가장 요구되는 덕목입니다.

인간은 스스로 삶과 행동에 대해 유의미한 선택을 할 수 있으며

그 선택에 대한 책임은 어떤 식으로든 져야 합니다.

〈사라진 두 친구에게 바침〉

죽은 자들이 뿔아다니고
산자는 우정을 버리는 이 강가엔.

친구였다면
그대가 내 친구였다면

어쩔수 없는일
어쩔수 없었다고 말할수는 없겠나?

그 밤
나의 우주는 폭팔했고
나는 출구도 없는 구멍속으로 빨려 들어갔어.
시간은 아래로 아래로 내려 갈수록
더욱 느려졌지.

나의 별과 너의 별사이에 펼쳐진 공간들은
강가의 표면처럼 물결모양으로
출렁 흔들렸었어.

살다보면, 할수없는일
있을 수 없는 일, 윈기지 않는일이 있다는것
아는 이는 모두 아는데.

진실은 누구도 모르는 일이라고
정의도 불의도, 시비도 그자리에 있지 아니한
사람은 누구도 옳고 그름은 따지지 말라고 말한다면

그것을 말한 先人이 있다면
우리의 참과 의는 어디로 간것이가
어쩔 것인가.
지난 우리의 세월은 암흑. 모두 감춰진 세상
침묵하는 세상뿐이었을 거다.

100

의사는   과학을 탐구하는 사람.
사람들의   병을   치료하는 사람.
사람의   마음을   바라봐야 하는 사람.

순간적인   판단력과   빠른 처치를 요하는 사람,
단지   이것뿐인가?

진실이 필요한 자리에
암묵적인   침묵과   강요는
자유에 대한   유린이자   퇴보다.

그날.
우리가 같이 나눈   시공간에서.
친구였다면,   네가 진실을 말해다오.
내가   할수없는 처지이니.
나의   진실을   찾아 헤매는 나의 부모님에게....

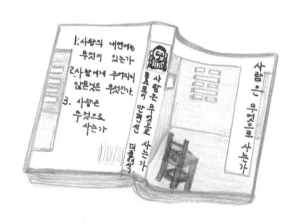

우린 왜 낯선 상황에서야 알게 될까요
어떻게 살았어야 하는 걸까요
왜 끝에서야 알려주는 겁니까?

제3부

다시 사는 법

한가위에 응급

한 사람의 자궁을 벌려
어린 생명을 들어 올리는 것이
나의 일

그래서?
좁디좁은 골반 뼈와
살과 살을 통과하는
이 여린 생명을

초조와 불안으로 지켜봐야 하는 것이
나의 밥벌이고, 운명

그래서!
붉디붉은 피 냄새에
한숨, 들숨이 폐포를 통하고서야
심방과 좌심실로 이어져 대동맥으로 박동치는
몽롱한 새벽에서야 끝나는 이것이

미칠 듯이 사랑한 어느 날
그들이 어떻게 만났고
어떻게 사랑했는지, 둘만 알던 사랑이
모두가 아는 고리로 이어지는
영원한 연결, 사슬이 되어 버렸다.

그래.
이젠 되었다
그것으로 일부가 되어 버렸다.

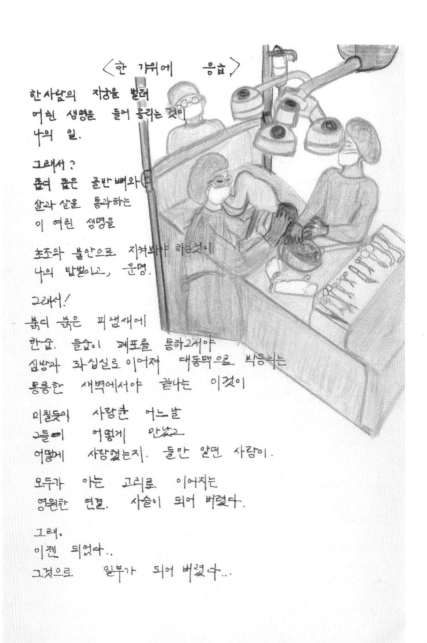

〈한 가뭐에 응급〉

한 사람의 자궁을 빌려
어린 생명을 들어 올리는 것이
나의 일.

그래서?
좁디 좁은 골반 뼈와
살과 살을 통과하는
이 여린 생명을

초조와 불안으로 지켜봐야 하는 것이
나의 밥벌이오, 운명.

그래서!
붉디 붉은 피범벅에
한숨. 들숨이 폐포를 통하고서야
심방과 좌심실로 이어져 대동맥으로 박동하는
몽롱한 새벽에서야 끝나는 이것이

미칠듯이 사랑한 어느날
그들이 어떻게 만났고
어떻게 사랑했는지. 둘만 알면 사랑이.

모두가 아는 고리로 이어지는
영원한 연결. 사슬이 되어 버렸다.

그래.
이젠 되었다..
그것으로 일부가 되어 버렸다...

어느 과의 의사든 수술하는 서젼(surgeon)은

현재 수술을 하든, 안 하든

어느 정도는 수술을 좋아하고

평생 수술방에 대한 추억을 안고 삽니다.

그것이 예쁜 수술방 간호사와의 '썸'이었든

수술에 대한 의학도의 열정이었든

서젼에게

칼은 생명을 책임지는 '장수의 칼'이든지

아니면 하루의 밥을 해결해 주는 '생선 장수의 칼'이든지

아닌 그 무엇이든지요….

연꽃 감상

연꽃이야 오롯이 하나로만
뽐내고픈 자태는
천생 여자 마음과 같아야.

연잎이야, 긴 줄기로 하늘하늘 부르며
물 위에 서서, 이 여인네
밥 싸고 담듯이 오늘을 담은 연잎이야.

연밥이야, 소곤대던 많은 인연이
끝나가는 지금에도
꽃과 같은 연밥이야.

내 짧은 인생이야
긴 긴 먼 하루야.

< 연꽃 감상 >

연꽃이야 오롯이 하나로만
뽐내고픈 자라는
천상 여자 마음과 같아야.

연잎이야. 긴 줄기로 하늘 하늘부르며
물 위에 서서, 이 여인네
밥 싸고 닮듯이 오늘을 닮은 연잎이야.

연밥이야. 소곤대던 않은 인연이
끝나가는 지금에도
꽃과 같은 연밥이야.
내 짧은 인생이야
긴 긴 언 하루야.

친구 딸의 결혼식

그대, 아름다운 발걸음 소리를
라움! 이 광장에 높이 울려라.
한 가정을 이룰 당당한 인연과 숙명 앞에

보아라 성스런 자리에
하늘의 풍향계와 시간이
이 시간 이곳에서 두 사람을 짝 지웠으니

서로를 우주에서
부부라는 인연으로 선택한 단 한 사람아
이 세상이 모두 잠든 적막한 시간에도
둘만 남아 이야기 나눌 그대

어디로 가야 할지
알지 못하는 그 미지의 날에도
반짝이는 하늘의 별과 달, 태양처럼
나침판 삼아 살아야 할 의미, 그대여.

< 친구 딸의 결혼식 >

그대, 아름다운   발걸음 소리를
라음 !   이 광장에 높이 울려라.
한 가정을   이를   당당한   인연과 숙명앞에

보아라   성스런   자리게
하늘의   풍광게 와   시간이

이시간   이곳에서 두사람을 짝 지웠으니.

서로을   우주에서
부부라는   인연으로   선택한   단 한 사람아.

이 세상이   오두 잠든 적막한 시간에도.
물안 남아 이야기 나눌 그대.

어디로   가야 할지
알지 못하는   그 미지의 날에도.

반짝이는 하늘의 별와 달 ,   태양처럼.
나침판상아   살아야 할   의미 .   그대여...

위로

아무리 열심히 배우고 일을 해도
아프고 힘들고 외롭고 슬픈 순간이 옵니다.

주위의 사랑하는 것에 집중하고
마음을 쏟아도
허무하고 궁색하고 초라해지는
인생의 시간을 맞이합니다.

여명의 시간과 오전, 오후, 밤이 있는 것처럼
봄, 여름, 가을과 겨울이 있는 것처럼
인생의 터널이 순식간에 지나갑니다.

우린 왜 낯선 상황에서야 알게 될까요
어떻게 살았어야 하는 걸까요
왜 끝에서야 알려주는 겁니까?

누구도 피할 수 없는 같은 운명이었음이
위로며 위안일까요.

< 위로 >

아무리 열심히 배우고 일을 해도
아프고 힘들고 외롭고 슬픈 순간이 옵니다.

주위의 사랑하는 것에 집중하고
마음을 쏟아도
허무하고 금색하고 초라해지는
인생의 시간을 맞이 합니다.

여명의 시간과 오전 오후, 밤이 있는것처럼
봄.여름.가을 과 겨울이 있는것처럼
인생의 터널이 순식간에 지나갑니다.

우린 왜 낯선 상황에서야 알게 될까요.
어떻게 살았어야 되는걸까요.
왜 끝에서야 알려주는 겁니까.

누구도 피할수 없는 같은 운명이었음이
위로며 위안일까요.

113

아들과 고양이와 부엉이

멍멍이와 멍순이를 좋아하던 내가
아들의 고양이 사랑 덕에
고양이 사진을 같이 보게 되었다
자주 보면 예뻐 보인다는 말처럼
고양이 얼굴이 점점 사랑스러워지더니
어느 날, 고양이와 닮은 부엉이도 사랑스러워졌다.

그러니 사랑한다면
그것이 무엇이든지 자주 보라
이건 만고萬古의 진리眞理다.

<아들과 고양이와 부엉이>

멍멍이와 멍순이를 좋아하던 내가
아들의 고양이 사랑덕에
고양이 사진을 같이 보게 되었다
자주 보면 예뻐보인다는 말처럼.
고양이 얼굴이 점점 사랑스러워 지더니.
어느날. 고양이와 닮은 부엉이도. 사랑스러워졌다.

그러니 사랑한다면
그것이 무엇이던지 〃자주 보라〃
이건 萬古의 眞理다.

우린

사람은 사랑해서 태어나고
사랑으로 성장하고
사랑 안에서 죽기를 바란다.

사람은 시처럼 태어나
음악으로 성장하며
그림으로 남는다.

하지만 우리는 우연하게 태어났고
인연 속에서 살아가며
필연으로 죽는다.

< 우원 >

사랑은 사랑에서 태어나고
사랑으로 성장하고
사랑 안에서 죽기를 바란다.

사람은 시처럼 태어나
음악으로 성장하여.
그림으로 남는다.

하지만 우리는 우연하게 태어났고
인연속에서 살아가며
필연으로 죽는다.

MIKA.
only love you when I'm drunk.
When I kissed you it was such a big mistake.
When I get a little more sober, I know I'll be overyo

마님이

사는 동안
내게 마당쇠가 되어 줄게
했던 농담

살면서
서운한 맘만 쌓이게 만들더니

이제야 첫 마음
진심임을 알았네.

언젠가 다시 만난다면
이젠 알았다고
늙어서야 알았다고….

<마넘이>.

사는 동안
내게 마당쇠가 되어줄께.
했던 농담.

살면서
서운한 맘만 쌓이게 만들더니..

이제야 첫마음
진심 일을 알았네.

언젠가 다시 만난다면
이젠 알았다고.
늙어서야 알았다고....

돈다, 돈

돈이
집이요 밥이요 옷이라나

그것은 흐르는 시간이고
한 생의 초라한 보상이다.

누구는 너무 필요하고 너무 좋아해서
누구는 많아도 적어서

의욕과 욕심만큼
생긴 만큼 모자란
우리의 가장에겐 고단한 위안이다.

하지만 돈은
대지에 스며든 물과 같이
공기 속의 떠도는 산소와 같이
돌고 돌다가
모으느라, 아끼느라
인색했던 마음만을 남기고

우리 끝나는 날엔
모두에게 공평하다.

< 돈다. 돈 >

돈이
집이요. 밥이요 옷이라나.

그것은 흐르는 시간이고
한 생의 초라한 보상이다.

누구는 너무 필요하고.
         너무 좋아해서,
누구는 많아도 적어서.

의욕과 욕심 만큼.
생긴 만큼 모자란

우리의 가정에겐 고단한 위안이다.

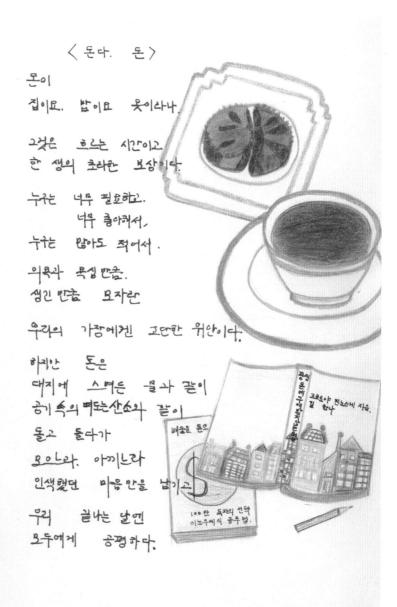

하지만 돈은
대지에 스며든 물과 같이
공기 속의 떠도는 산소와 같이
돌고 돌다가
오느라. 아끼느라
인색했던 마음 만을 남기고

우리 끝나는 날엔
모두에게 공평하다.

한강은 수십만 평의 정원에

유유히 강물이 흐르고

갖가지 꽃과 나무들을

때마다 심어 주고 가꾸는 정원사도 있어,

바람과 강과 하늘까지 감상만 하면 됩니다.

그곳에 가면 원치 않아도

젊은이들이, 눈이 즐겁게 쌍쌍 파티를 합니다.

내가 할 수 없다면

모든 일이 생각하기에 달렸습니다.

무엇을 얼마나 언제까지 가져야 행복합니까?

강릉에서

해지는 수평선은
사이렌이 뱃노래를 부르고
전설 속의 인어가 산다는 곳

하루 내내 토해 놓은 숨결 같은 파도가
하얗게 마법 거품을 만들고

바다에의 환상과 소음도
소리 없는 바위조차도
쏴악 덮어 버린다.

세상의 끝이라는 저 바다는
원시적인 영혼과 생명의 최초의 공간

하양 거품과 파랑 물결이 만나
어디로 가는가?
나는 새도 공기가 필요하고
물고기가 먼 바다로 돌아가듯이
그 수평선으로 빨강 해가 진다.

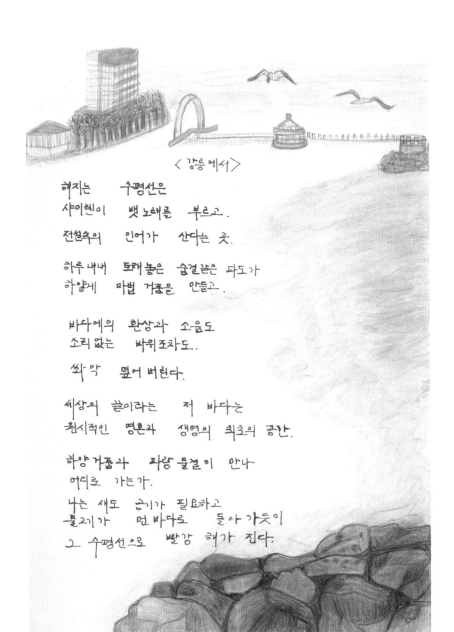

< 강릉에서 >

해지는   수평선은
사이렌이   뱃노래를   부르고.

전설속의   인어가   산다는 곳.

하루내내   토해 놓은   숨결같은 파도가
하얗게   마법 거품을   만들고.

바다에의   환상과   소음도
소리 없는   바위조차도.

쏴악   덮어 버린다.

세상의   끝이라는   저   바다는
원시적인   영혼과   생명의   최초의 공간.

하양 거품와   파랑 물결이   만나
어디로   가는가.

나는 새도   쉼기가 필요하고
물고기가   먼 바다로   들아 가듯이
그 수평선으로   빨강 해가 진다.

125

송정 해변

동해 바다
이곳 송정 해변엔
목숨 다한 그루터기 옆에
어린 소나무가 자라고
바다 옆은 온통
소나무길이 죽 뻗어 있다.

바다도 푸른데
하늘도 푸른데
더 푸른 솔잎이 눕고
더 어린 솔 나뭇잎이 자라는 곳
송정, 푸름은 변함이 없다.
우린 변해야 영원히 산다.

〈송정해변〉

동해 바다.
이웃 송정 해변엔
옥습다한 그루터기 옆에
어린 소나무가 자라고
바다면은 온통
소나무같이 쭉 뻗어있다.

바다도 푸른데.
하늘도 푸른데

더 푸른 솔잎이 높고.
더 어린 솔나무잎이 자라는 곳.

송정, 죽음은 변함이 없다.
우린. 변혀야 영원히 산다.

저 바다와 같이

사방이 훤한 바다다.
숨이 트이면서 가슴이 트이고
꽉 막힌 시야가 트이면서 마음도 트여 간다.

푸른 물은 푸른 하늘과 더해져
더 넓어지는 바다다.
사람은 변하고 싶을 때가 있다.
그런 사람을 바꿀 때는
공간을 바꾸고, 만나는 사람을 바꾸어 보고
시간을 바꾸어 보라.

죽음보다 깊은 생의 위기에서
변신에 가까운
변화가 필요한 때가 있다.
어찌해 볼 도리가 없어서
그래야 견딜 수 있으니까.

그런 때
여자의 변신이 무죄인 것처럼
곤충의 변태도 무죄
바이러스의 변이도 무죄
모든 살기 위한 변신은 무죄다.
모든 살아 있는 것은 변화하니까.

〈저 바다와 같이〉

사방이 훤한 바다다.
숨이 트이면서, 가슴이 트이고
꽉막힌 시야가 트이면서, 마음도 틔여간다.

푸른 술은 푸른하늘와 더해져
더 넓어지는 바다다.
사람은 변하고 싶을 때가 있다.
그런 사람을 바꿀때에는
공간을 바꾸고, 만나는 사람을 바꾸어보고.
시간을 바꾸어 보라.

죽음보다 깊은 생의 위기에서
변신에 가까운
변화가 필요한 때가 있다.
어찌해 볼 도리가 없어서,
그래야 견딜수 있으니까.
그런 때
여자의 변신이 무죄인것처럼
곤충의 변신도 무죄.
바이러스의 변이도 무죄.
모든 살기위한 변신은 무죄다
모든 살아있는 것은 변화하니까.

순풍에 돛단 것같이

잘 나아가는 것 같은 어떤 인생도

살아가는 일은 절대 쉽지 않습니다.

어느 순간

직업의 열정과 기쁨은 식고

사랑했던 존재의 의미는 약해지거나 사라지고

위기와 매너리즘에 헤맬 때

인생의 시계추는 패배를 인정하라는 듯이 남은 시간을 가리킵니다.

이럴 때 앞으로 가야 하는

우리에게 진실로 필요한 것이 무엇입니까?

키르케고르는 말합니다.

"인생은 뒤돌아볼 때 비로소 이해되지만

우리는 앞을 향해 나아가야 하는 존재다."라고요.

색. 감

겨울 되어 잎까지 떨어진 감나무엔
저 바짝 마른 나무가 뭔 일을 할지 알 수가 없다.

봄이 오니, 연두색 어린 감잎이 나오고
감꽃이 피고 지고, 연노랑 꽃 뒤에
숨은 감 멍울이 부풀어 오르더니
커다란 연두색 열매가 된다.

아래부터 감이 붉어지기 시작한다.
모두 주홍색, 더욱 오묘한
까만 반점이 생기며 물러간다.

그사이에 커다란 녹색 감잎은 떨어져
장렬히 가을 잎새와 섞이더니
감꼭지가 마르기 시작하고 서리를 맞을 때
어느 새 한 마리 다가와 감을 쪼아 먹는다.

〈색. 감〉

겨울되어 잎까지 떨어진 감나무엔
저 빠짝 마른 나무가 웬 일은 할지 알수가 없다.

봄이 오니, 연두색 어린 감잎이 싹오고
감꽃이 피고 지고, 연노랑꽃뒤에 숨은 감열물이 부풀어 오르더니.
커다란 연두색 열매가 된다.

아래부터 감이 붉어지기 시작한다.
오두 주홍색, 더욱 오묘한 까만 반점이 생기며 물러간다.

그사이에 커다란 녹색 감잎은 떨어져
장렬히 가을 잎새와 쉬이 떠나.
감꼭지가 마르기 시작하고 서리를 맞을때.
어느 새 만바리 다가와 감물 쪼아 먹는다.

관송 觀松

그대 보았는가
흐르는 물
따라 보는 노송 한 그루

사는 일이란
숨처럼 느려졌다가
심장 박동처럼 요동쳤다가
얼굴색처럼 붉어지는 일

너른 강가엔 겨울바람 소리 나직하다.
그 산, 젊은 소나무 숲엔
명이 다한 사람의 명함이
줄줄이 달려 있다.

觀 松 (관송)

그대 보았는가.
흐르는 물.
따라 보는 노송 한그루

사는 일이란

숲처럼 느려졌다가.
섭장각중처럼 요동쳤다가

맑은 색처럼 묽어지는 일.

너른 강가엔 겨울 바람소리 나직하다.

그 산, 젊은소나무숲엔

명이 다한 사람의 명함이
클클이 달려 있다.

하멜등대

한 산모가 있었습니다. 그녀의
상선을 타는 남편은

짧게는 수개월
길게는 수년을
항해를 합니다. 그녀는

그 사이에 아기를 낳아 키우며 기다립니다.
남편은 들어와 몇 개월 살다가
다시 배를 타러 나갑니다.

흔들 흔들리는 배가 아닌 평지에선
육지 멀미라는 것을 하는 사람입니다.

삶이 기다림입니다.
좋은 날, 만날 날을 기다리고, 월급날을 기다리고
새집을 기대하며 기다리고
밝은 빛을 비추면서 기다리는
하멜등대는 삶이요, 기다림입니다.

<하멜등대>
한 산모가 있습니다. 그녀의
상선을 타는 남편은,

짧게는 수개월,
길게는 수년을
항해를 합니다. 그녀는,

그사이에 아기를 낳아 키우며 기다립니다.
남편은 들어와 몇개월 살다가,
다시 배를 따러 나갑니다.

흔들 흔들리는 배가아닌 평지에선
「육지 멀미」라는 것을 하는 사람입니다.

삶이 기다림입니다.
좋은 날, 안좋날을 기다리고, 월급날을 기다리고
새 집을 기대하며 기다리고
밝은 빛을 비추면서 기다리는
하멜등대는 삶이요, 기다림입니다.

137

지붕 위

사랑은 왠지 자주 보이는 것이다.
많은 사람 속에서도
너만 보이고

추운 겨울날
파란 양철 지붕 위에서
햇볕 쬐며 모여 있는
너만 보이는 것

〈지붕위〉

사랑은 왠지 자주 보이는 것이다.
많은 사람들 속에서도.
너만 보이고

추운 겨울날
파란 양철 지붕위에서
헛빛쬐여 보여있는

너만 보이는것.

그림을 그리고 싶었는데 시간이 없었네

그림을 그리고 싶었는데
시간이 없었던 사람이 있습니다.
결혼을 하고 아이를 낳아 기르고
돈을 벌다 보니
어느새 나이가 들었고
몸에 병이 생긴 사람입니다.

그림을 그리고 싶다는 생각이 들어
어느 날, 연필도 사고 물감도 사고 평소에 안 사던
비싼 스케치북도 샀습니다.
수일에 걸쳐 근처 화실도 알아보고 다녔습니다.
드로잉을 연습하여 물컵도 그리고
손도 그리고 얼굴도 그렸습니다.

어느 날 더 이상 시간이 없어졌습니다.
모든 것을 그대로 남기고
드로잉만 수채화만 조금 그리다가
노란색을 좋아한다는 말을 남기고….

< 그림을 그리고 싶었는데
        시간이 없었네 >

그림을   그리고 싶었는데
시간이   없었던 사람이 있습니다.

결혼을 하고 아이를 낳아기르고
돈을   벌다보니

어느새   나이가 들었고
몸에   병이 생긴 사람입니다.

그림을 그리고 싶다는   생각이 들어
어느날, 연필도 사고 물감도 사고 평소에 안사던
비싼 스케치 북도   샀습니다.
수일에 걸쳐 근처 화실도 알아보고 다녔습니다.
드로잉을   연습하여   물감도 그리고
손도 그리고   얼굴도 그렸습니다. 어느날 더이상 시간이 없었었습니다

모든 것을   그대로 남기고
드로잉 만   수채화만 조금 그리다가.
노란색을 좋아한다는 말을 남기고……

141

고영미

*

그림 그리며 글 쓰는 의사 시인. 1963
년생. 중앙대 의학과를 졸업했다. 가
톨릭대 의대에서 산부인과학 전문의
자격을 취득했으며, 동 대학에서 석·
박사 학위 취득 후 10여 년 동안 여의
도 성모병원, 성바오로병원 등에서
전임강사와 조교수로 근무했다. 지난
2005년부터 산부인과 분만 의원을
운영하고 있다.

* *

산부인과 레지던트 1년 차, 걸프 전쟁이 일어났다. 그때는 자고 나면 일
하고, 눈 뜨면 분만하고, 또 수술방에 들어가고, 먹는 것조차 관심 외의
일이었다. 어느 나라들이 서로 전쟁하는지도 모르고 관심조차 없었다.
성수대교 붕괴 사고도 여의도 성모병원의 금요일 모임 '그랜드라운드'
의국에서 들었던 기억이 난다. 산부인과 스태프로 수술과 진료에 자신
감도 생기며 재미를 붙이던 중에 부천으로 이동 발령이 났다.
사십 대 중반의 인사이동은 개업하기로 마음을 먹는 계기가 되었다. 대

학병원의 의사 생활은 학회 활동과 논문 작성, 진료와 수술의 반복이다. 대학병원에서 만나는 인간관계보다 훨씬 다양하고 복잡한 인간관계를 실상의 민낯으로 대하는 분만 의원은, 대학에서는 소아과가 맡는 신생아 관리와 병실 관리는 물론 삼시 세끼도 직접 관리해야 한다. 그 사이 밤낮으로 일하는 과로가 질병으로 이어졌고, 옆에서 도움을 주시던 아버지도 뇌출혈로 떠나셨다.

* * *

분만 의원을 운영하는 의사의 결혼생활에 대한 감회는 "어느 날 문득"이 아니라 항상 뒤죽박죽이다. 잘 산다고, 잘했다고 여겼던 인생이고 일상이었지만 막상 남편이 덜컥 암에 걸리는 시련이 닥쳐왔고, 시간이 흐른 후 돌아보니 복잡한 자신의 인생에 그를 끌어들인 것 같은 회한에 마음이 아팠다.

완벽주의자인 남편은 그림을 그리고 싶은 의욕에 안정을 찾으며 많은 스케치북과 미술도구를 사놓았다. 어릴 적, 아들 모습은 쉽게 그렸으나 정작 시인의 모습은 그림을 잘 그리게 되면 그려주겠다고 하고서는 모든 걸 뒤로한 채 떠났다. 그런 후 몇 년이 코로나19와 함께 훌쩍 지나갔다. 어느 날부터 남편이 남겨 놓은 빛바랜 스케치북에 시인이 그림을 그리고 글을 썼다.

일상이 힘들어도 즐길 것이 많은 사람은 행복하다고 여긴다. 즐길 것이 돈이 덜 드는 것, 시간을 덜 써도 되는 것, 오감으로 느낄 수 있는 것, 신체를 써서 할 수 있는 것이라면 남은 인생도 행복할 수 있다고 생각하는 사람이다.

세상에서 인간으로 살아보니

초판 1쇄 발행 • 2022년 6월 13일

지은이 • 고영미

펴낸이 • 최성훈
펴낸곳 • 작품미디어

신고번호 • 제2020-000047호
주소 • 서울시 동작구 상도로 62가길 15-5(상도동)
메일 • jakpoommedia@gmail.com
블로그 • https://blog.naver.com/cshbulldog
전화 • 010-8991-1060

ISBN • 979-11-975634-3-0 (03810)

ⓒ 고영미, 2022